AF297005

PRÉFACE,

(Car il en faut toujours une.)

ON ne fera pas étonné fans doute de voir une Comédie faite par une *Société de Gens de Lettres* : c'eft ainfi que tout fe fait aujourd'hui, même les Almanachs. Auffi, pour n'être pas foupçonné d'avoir eu des fecours de cette efpèce, l'Auteur d'une des plus grandes entreprifes qui ayent illuftré ce fiècle, l'Auteur de l'Ouvrage le plus répandu dans l'Europe, après l'Almanach de Liège; l'Auteur, en un mot, de l'Almanach des Mufes, a imprimé, en 1779, cette Note remarquable : « L'Almanach des Mufes a été *établi* » par M. Sautreau de Marfy, SEUL, en 1765.... Il » n'a *jamais* eu *d'affocié* pour ce Recueil. » L'on voit par cette Note combien M. Sautreau de Marfy craignait de partager les honneurs de fon Almanach. On a fu depuis, par *la renommée*, qu'il était encore chargé de la Littérature du Journal de Paris, poids immenfe de travail & de *gloire* fait pour cet infatigable Atlas ; mais le porte-t-il SEUL, comme l'Almanach des Mufes ? C'eft ce qu'on n'oferoit pas affurer.

Pour *nous*, *nous* fommes une Société ; & quand même des gens malins voudraient faire croire que c'eft encore une plaifanterie, & que *nous* fignifie ici, comme ailleurs, M. N. , M. N. ſerait encore autoriſé à parler au pluriel pour ne pas déroger à la dignité de l'uſage , qui a ſubſtitué le *nous* , comme plus mo-deſte , au *moi* , proſcrit par les Ecrivains de Port Royal.

Nous commencerons donc , ſuivant la coutume , par diſtribuer aux différens Membres de notre *Société* la portion d'éloges qui leur eſt dûe ; mais quoiqu'il ſoit de règle , en ce cas , que chacun ſoit chargé de ſon article , attendu qu'on ſait toujours mieux que perſonne comment on veut être loué ; cependant nous prendrons ſur nous de louer tout le monde , pour avoir plus tôt fait, & parce que le temps nous preſſe.

Nous reconnaîtrons d'abord les obligations infinies que nous avons à M. N. , qui a lu *notre* Pièce à la Comédie, comme s'il l'avait faite, & dont la verve comique , échauffée par le ſeul projet de la Scène de M. Claque, qui a été conçue devant lui, enfanta tout d'un coup ce vers heureux :

> Je gagnais en *Bravo* mes vingt écus par mois :

vers que nous adoptâmes ſur le champ avec le tranſ-port de la reconnaiſſance , vers qui ſuffirait pour l'im-mortaliſer , s'il n'était d'ailleurs connu dans le monde par ſon talent pour les Harangues & les *Complimens* d'une tournure nouvelle , & pour la *Pirouette à trois temps.*

Nous avons auſſi grandement profité des lumières

de M. N. dont la *modeſtie* nous défend de faire ici ſon panégyrique : ainſi, nous nous contenterons de dire qu'il a envoyé pluſieurs fois au Journal de Paris des *gaîtés innocentes*, & fourni même plus d'un article au Nécrologe : ajoutez à tout cela qu'il ſait d'Arithmétique tout ce qu'on en peut ſavoir ; d'où l'on voit qu'il eſt inconteſtablement *un des plus beaux Génies du ſiècle.*

Mais, que dirons-nous de M^de. N. qui nous a fourni cet heureux refrein que chante le Vaudeville en entrant ſur la Scène : *Turelure lure, & flon flon flon, &c.* & qui de plus a fait deux copies de la Pièce avec une exactitude rare, &, ce qu'on aura peine à concevoir, ſans manquer à l'orthographe, ſi ce n'eſt qu'il n'y avoit ni points ni virgules? Mais, diſait M. N., c'était de peur qu'on ne l'accusât de *mettre les points ſur les i.*

« Oh ! pour le coup, voilà un Calembour. » Oui Meſſieurs ; mais nous avons cru devoir le rapporter pour apprendre à l'Auteur des petites Affiches ce que c'eſt qu'un Calembour ; car quoiqu'il ne ſoit pas du ſiécle de Molière, & qu'il ſoit bien de celui-ci, il a l'air d'ignorer, tout comme lui, ce qu'on appelle Calembours, puiſqu'il prétend que nous en avons fait beaucoup, même de *fort mauvais.* La vérité eſt que nous n'en avons fait d'aucune eſpèce, & que ſi dans la Pièce imprimée, où l'on n'a pas retranché un vers, il peut nous montrer un ſeul endroit qui reffemble, même de loin, à un jeu de mots, à une pointe, à un Calembour, nous confentons, pour notre pénitence, à lire tout un Chant de la Pfyché de M. l'Abbé Au***, ce qui n'eft peut-être jamais arrivé à perfonne.

Non contents de nous accufer de Calembours, le même Auteur nous reproche d'être plus *Satyriques que gais*. Nous ne pouvons là-deffus répondre d'une manière auffi péremptoire que fur le fait des Calembours. Dieu nous préferve d'entreprendre de prouver que nous fommes *gais* : nous fommes même convaincus que fi le Ciel nous avait fait cette grâce, notre *gaîté* n'égayerait jamais M. l'Abbé Au*** ; mais ce qu'il ne pourra pas nier, c'eft que fi l'ouvrage n'eft pas *gai*, le Public qui en a ri, l'était beaucoup.

« Auffi pourquoi vous attaquer à leurs Hautes Puif-
» fances nos Seigneurs les Journaliftes ? Ignorez-vous
» qu'eux feuls diftribuent les *fuccès*, les *réputations*,
« les *Sceptres*, les *Couronnes*, & que rien de tout
» cela n'exifte que pour ceux qui veulent bien le
« recevoir de leurs mains ?

Voilà ce que nous ont dit, par intérêt pour nous, d'honnêtes gens qui prétendent qu'il faut être actuellement un profond *Politique* en Littérature *pour aller au grand* : fur quoi nous avons répondu qu'à la vérité nous étions fort peu *Politiques*, & que nous irions où nous pourrions ; mais qu'au refte nous avions eu foin de ne pas envelopper tous les Journaliftes dans un anathème qu'ils ne méritent pas tous ; qu'on pouvait s'en rapporter au Public & à leur confcience qui les jugent avec une égale équité ; que ceux qui ont des lumières & de l'honnêteté ne nous accuferont fûrement pas de les avoir confondus avec ceux que nous avons placés fur le Tribunal de l'Ignorance ; & qu'à l'égard de ces derniers, nous nous en foucions fort peu.

« Et la tirade du Journal de Paris ? „

C'eft une pure plaifanterie, une plaifanterie même, à ce qu'il nous femble , affez douce, une *gaíté* , comme difent ces Meffieurs. Ce n'eft pas que nous prétendions que nos *gaítés* vaillent les leurs. Ils s'en font permis quelquefois d'un genre dont nous ne nous flattons pas d'approcher jamais ; ce qui n'empêche pas que nous ne rendions juftice à leur feuille. Nous n'ignorons pas que des gens mal intentionnés voudraient infinuer que fon plus grand mérite eft de paraître tous les jours ; mais ce qui prouve le contraire , c'eft que les petites Affiches ont le même avantage , & que pourtant, en fait de *génie* , (car il faut toujours en revenir là) la Feuille de Paris eft très-fupérieure aux petites Affiches.

Nous pourrions nous étendre beaucoup davantage , mais nous voulons avoir le mérite de nous arrêter, même dans une Préface. Peut-être trouvera-t-on celle-ci déjà trop longue ; mais fi l'on fait réflexion que les Préfaces semblent n'avoir été inventées que pour donner aux Auteurs le plaisir de parler d'eux tout à leur aise, on concevra qu'il faut leur savoir gré de finir & encore plus d'abréger.

P. S. Bon ! voilà-t-il pas que notre ami, M. Misogramme, est venu se plaindre à nous, avec bien plus d'humeur, vraiment, qu'il n'en a dans sa Scène avec Molière ? On lui a fait voir un article du Mercure ou M. de C** parle de la Comédie nouvelle que l'on joue au Théâtre Français, à-peu-près du même ton que l'Auteur des Affiches. Cela ne fait rien à M. Misogramme ; mais ce qui l'a mis dans une vraie colère, c'est ce qu'on dit de lui particuliérement, que c'est *une espèce de Bourgeois Misantrope qui déclame contre ceux qui aiment, jugent & parlent des Spectacles.* « Oh ! pour » cela, (nous a-t-il dit) c'est une pure calomnie. « *Bourgeois*, passe, je n'ai pas la prétention d'être » plus que je ne suis ; mais *Misantrope*, il n'y a au » monde que M. de C** qui s'avise de m'en accuser. » Je ne vous sais point mauvais gré de m'avoir montré » sur la Scène tel que je suis, & de m'avoir fait dire » ce que je pense ; mais je ne puis pardonner à M. de » C** de me travestir si étrangement. Moi Misantro» pe ! Eh ! vous savez, Messieurs, que je suis le meil» leur homme du monde. Je ne demande qu'à rire, à » dîner gaîment, à faire mon trictrac, à pouvoir parler » un peu d'affaires & de nouvelles, parce qu'enfin cela » m'intéresse. Je suis si loin d'être *Misantrope*, que je

» veux boire avec mes Payfans , avoir mes *Vaffaux* pour
» *amis* , & faire *un piquet* avec mon *Fermier.* Y
» a-t-il dans tout cela le moindre trait qui reffemble
» à la *Mifantropie ?* Où a-t-il pris que je *déclame*
» *contre ceux qui aiment les Spectacles ?* Je ne fuis
» point capable de cette fottife. J'aime les Spectacles
» comme un autre, & j'y vais quand j'en ai le temps.
» A l'égard de ceux qui en *parlent* & en *jugent* tout
» de travers , j'ai pu en être excédé fouvent, comme
» je le fuis de la manie épidémique d'écrire fans talent
» & de décider de tout fans rien favoir. Voilà ce dont
» je me fuis plaint, &, je crois, avec quelque raifon &
» fans *déclamation.* Serait-ce donc une injure perfon-
» nelle que j'aurais faite à M. de C** , fans m'en douter?
» Eft-ce que je fais moi s'il *juge* bien ou mal les Specta-
» cles ? En quoi l'ai-je offenfé ? Pourquoi, dit-il , que je
» fuis un *frondeur intolérant?* Je fais grand cas de la tolé-
» rance; mais fuis-je obligé de *tolérer* cette rage de l'efprit
» qui eft la maladie du jour ? Il fe plaint que beaucoup *de*
» *gens lui ont fermé leur porte par amour propre,*
» *lorfqu'ils devaient la lui ouvrir par reconnoiffance.*
» Cela ne peut pas me regarder, puifque je ne le
» connais pas, & je ne puis avoir avec lui ni *amour*
» *propre ni reconnoiffance* , puifque je ne l'avais ja-
» mais lû ; mais un de mes amis qui l'a lû pour
» fon malheur, m'a chargé de vous remettre cette
» Lettre , & vous prie de la rendre publique. Il y
» examine la manière de juger & d'écrire de M. de

» C* * * je ne m'en mêle point ; mais je crois qu'on
» peut lui dire ſon avis , puiſqu'il aime tant à dire
» le ſien ».

Là-deſſus M. Miſogramme nous a remis la Lettre
ſuivante, que nous croyons devoir publier , parce
qu'elle peut faire connaître dans quelle claſſe de
Journaliſtes M. de C*** doit-être placé.

LETTRE

D'UN AMATEUR DU SPECTACLE,
*A M ***.*

To u t Paris s'obſtine, Monſieur, à vous attribuer la Pièce nouvelle : c'eſt un cadre où vous avez fait entrer une partie des travers & des ridicules du jour. On ne peut nier que nous n'ayons beſoin d'une cenſure de cette eſpèce, & je vous exhorte, au nom du Public, qui vous applaudit de ſi bon cœur, à la continuer. En même temps je ſuis chargé par beaucoup d'honnêtes-gens, Amateurs du Théâtre comme moi, de vous demander juſtice d'un homme qui prétend bien la faire de tout le monde, & qui depuis le Pancrace de Molière, eſt bien le Juge le plus riſible qui ſe ſoit aviſé de régenter les Arts & les Artiſtes. Cet homme (pour me ſervir de vos expreſſions)

Qui prononçant en Maître écrit en Écolier,

qui ſe donne le titre d'homme de Lettres, quoiqu'il ne ſache pas même écrire une phraſe en Français, eſt M. de C***, chargé, l'on ne ſait pourquoi, de l'article des Spectacles, dans le Mercure de France. Soyez ſûr, Monſieur, qu'il y a long-temps que la manière étrange dont il le rédige aurait été déférée au Public, ſi l'on ne s'en fut abſtenu par égard pour des gens de mérite qui travaillent à ce Journal, & qui en vérité ne devraient pas avoir M. de C*** pour Affocié. Je fais qu'eux-mêmes en font bien fouvent embaraffés & confus, & qu'ils fentent combien il eſt :rifte qu'un article fufceptible d'être fi agréable & fi intereffant, ne foit curieux que par l'excès du ridicule. En effet, Monfieur, fi vous y jetez quelquefois les yeux, n'êtes vous pas frappé de ce ton fi plaifamment emphatique, de cet air d'importance dont M· de C*** parle de fa *miffion*, des *devoirs que lui impofe la place qui lui eſt confiée*, de fon *emploi*, de fon *fardeau*, de fon *courage*, qui fans doute n'eſt pas celui dont il parle ailleurs, lorfqu'il dit en propres termes, *le courage que donne la malignité?* lifez, fi vous le pouvez, fa converfation avec une Mde. Cloé qu'il introduit fur la fcène, & vous aurez peine à comprendre qu'on parle ainfi de foi-même; vous le verrez fe donner le titre d'*Ariftarque*, fe plaindre qu'un homme qui rend compte à fouper d'une pièce nouvelle, *s'empare effrontément de fon efprit*, de *l'efprit* de M. de C***; vous verrez que là-deffus Mde. Cloé *lui ferre la main*; vous le verrez s'étonner qu'on ait *la fureur de juger les Juges*, & ces *Juges*, c'eſt M. de C*** *chez qui l'on eſt trop heureux de prendre un avis*, *une manière de penfer*, & *qui s'indigne que les pauvres ayent le droit d'infulter ceux qui leur font l'aumône.*

Quelque *pauvre* que je fois en ce genre, je vous affure, Monfieur, que je n'ai jamais eu recours aux *aumônes* de M. de C***, & que ne faifant point uſage de ſes richeſſes, j'ai le droit de les évaluer ; ou plutôr c'eſt vous-même que je veux en faire Juge. Je crois bien que vous les appréciez d'avance ſur ce que je viens de vous citer. Il y a un oubli de toutes les convenances qui ne peut jamais appartenir à un eſprit éclairé. Auſſi ce grand Arbitre du Théâtre, qui ſe croit appellé de toute éternité *à la défenſe de l'Art Drama-tique*, n'a-t-il jamais la meſure juſte de l'éloge ni de la critique. Il parle des Actrices avec une dureté indé-cente, des plus grands talents avec une morgue ma-giſtrale: il vous dira que le Kain donnait au rôle de Nicomède *une couleur de perſiflage & un ton de myſ-tification*; qu'il excitait ce rire que la Comédie ſeule doit faire *éclore*; vous voyez qu'il s'exprime comme il juge. Quoiqu'il ait paſſé ſa vie à ſuivre les Specta-cles & à lire tous les Répertoires & tous les Diction-naires Dramatiques; quoique ce ſoit-là, comme il le dit lui-même, l'objet de toutes *ſes études*, vous ne trouverez pas dans ſes articles une ſeule pièce bien ana-lyſée, & tout ſon mérite ſe réduit à quelques obſer-vations très-communes ſur le jeu des Acteurs, obſer-vations qu'il ne fait pas même énoncer dans les termes de l'Art. Vous trouverez un *débit mal attaché*, un *point d'illuſion*; ailleurs c'eſt une Actrice qui reſſemble à une femme *perſécutée par des convulſions intérieures. L'intérêt de ſon jeu, de l'effet, de l'expreſſion & de ſon organe, l'invite*, &c. *L'intérêt de l'effet*! Puis demandez au Critique, dans quel ſens il a mis ce mot, *l'intérêt de fon jeu :* il fera bien embarraffé. Eft-ce l'intérêt qu'elle met dans fon *jeu ?* Eft-ce celui qu'elle doit mettre à ce que fon *jeu* foit bon ? Dans tous les fens, la phrafe eft ridicule. Eft-il permis d'écrire fi mal, lorfqu'on fait les *fonctions de Juge ?* Eft-il permis de dire que *les nuances profcrivent toute comparaifon ;* d'ignorer fa langue au point d'écrire des phrafes telles que celles-ci : « La » poftérité *brife* les arrêts.... dans notre manière de » juger, il n'entre *d'autres caufes que celles de la vérité* » *& de l'amour du bien....* *L'événement qui a réduit en* » *cendres* la Salle de l'Opéra.... Ce premier malheur » *fait trembler pour* d'autres.... *entourez vos confeils* » *d'un peu de galanterie....* nous fommes *avides d'é-* » *clairer .... du travail & du courage la rendront* propre » à l'emploi des Reines.... les jouiffances de l'âme » *étoufferont les farcafmes* de l'efprit.... Racine tient » fur le Parnaffe le rang que lui *a dû* fon génie.... » Cette fortie amère prouve plutôt la haine de la Cri- » tique, qu'elle ne *parle* contre la jufteffe d'efprit.... » L'homme *né avec des idées* affez juftes pour *tenter* » *la connoiffance du* cœur humain.... Le but du » Théâtre eft *l'amendement* des mœurs & la *correction* » des ridicules, &c. &c. &c. »

Un Écrivain qui tombe, prefque à chaque ligne, dans ces fautes groffières contre la Grammaire, le bon fens & le goût, dont le ftyle n'eft qu'un lourd & monotone affemblage de phrafes triviales & pédantefques, & d'expreffions parafites prolixement accumulées, a-t-il bonne grâce à s'arroger le titre de *Critique* & *d'Arif-tàrque?* Lui fied-il bien de fe faire cajoler par Molière & par Defpreaux, dans un rêve où il fait parler à ces deux grands hommes la langue de **M. de C*****, où ils accueillent dans l'Élifée **M. de C*****, où l'Auteur du Tartuffe fourit à **M. de C*****, & lui dit, *tu feras des nôtres ;* où Molière dit toujours à **M. de Ch***;** *ami :* ce qui doit plus que tout le refte étonner le Lecteur qui s'attend que Molière lui dira, Maître; enfin, où Boileau parle d'un *caufique impudent* qui ferait *regretter* la découverte de l'impreffion ? Conçoit-on qu'on ofe mettre dans la bouche de Boileau ces plats follécifmes ? Conçoit-on qu'en parlant de Dancourt, on dife dans la même page, qu'*il n'a guères travaillé que dans un genre affez piquant pour le moment où il travaillait, mais peu intéreffant pour la génération fuivante,* & enfuite que *les pièces où il peint des payfans auront du fuccès auffi long-temps qu'on parlera la langue Françaife.* Et qui ne rirait de voir tant d'inconféquence dans un *Arifarque ?* Qui ne rirait de cette phrafe qui eft un modèle du ftyle qu'on appele niais ? «Toutes les fois » qu'il faut opter entre un petit mal & un grand, les » *bons efprits* ont bientôt fait leur choix. » Quand on place fi bien les *bons efprits,* ne donne-t-on pas une grande idée du fien ? Voulez-vous un echantillon de la manière dont **M. de C***** raconte; il raconte comme il rêve. Lifez les *deux Soirées,* Conte qui tient lieu de l'article *Spectacle,* du 12 Janvier dernier. « Il *eft un*

» *réduit public situé au sein* de la Capitale, où se rassem-
» blent ordinairement nos Oisifs, nos Nouvellistes &
» les *Juges modernes* de nos Arts. » Ce début n'est-il
pas bien du ton d'un Conte ? Et remarquez *ces Juges
modernes* ; n'est-il pas merveilleux que les Juges anciens
n'y soient pas ? « Je *tournai mes pas* vers ce réduit. »
Un Héros de Tragédie s'exprimerait-il plus noblement,
& peut-on donner une plus grande idée de M. de C✳ ✳ ✳
tournant ses pas vers le caveau ?

En voilà, bien assez, Monsieur ; car après vous avoir
fait rire, je craindrais de vous ennuyer, & c'est l'effet
que produisent sur les *bons esprits*, les articles de M.
de C ✳ ✳ ✳. Vous me direz que bien d'autres écrivent
& jugent dans le même goût ; mais c'est aussi par cette
raison que le Public perd quelquefois patience, & un
Écrivain de cette espèce nuit enfin au Journal le plus
estimable.

Je suis, &c.

MOLIERE
A LA NOUVELLE SALLE,
O U
LES AUDIENCES DE THALIE,
C O M É D I E.

PERSONNAGES.

APOLLON.

MELPOMÈNE.

THALIE.

MOLIÈRE.

M. BAPTISTE, *ancien Garçon de Café & Poëte.*

M. MISOGRAMME, *Négociant.*

LE VAUDEVILLE.

LA MUSE DU DRAME.

MUSES, &c.

La Scène est sur le Théâtre de la Comédie Françaife.

MOLIÈRE

A LA NOUVELLE SALLE,

O U

LES AUDIENCES DE THALIE,

C O M É D I E.

SCÈNE PREMIÈRE.

MELPOMÈNE, THALIE, MOLIÈRE.

THALIE.

Oui, Melpomène & moi, qu'un même soin rassemble,
Nous venons en ces lieux pour y régner ensemble.

MELPOMÈNE.

Nous venons toutes deux, célébrant ce grand jour,
Installer nos Sujets dans leur nouveau séjour.

A

MOLIÈRE

THALIE.

Mais quelle faveur singulière
Me fait trouver ici Molière ?
Quel surcroît de bonheur !

MOLIÈRE.

Quoi donc ? Souffririez-vous
Qu'on m'eût voulu priver d'un spectacle si doux ?
Apollon m'a permis de partager la fête ;
Je viens pour en jouir : c'est pour moi qu'on l'apprête.
Vos Élèves chéris sont mes enfans, à moi;
Je suis leur Fondateur, leur Père.
Avant de s'appeler *Comédiens du Roi*,
Ils ont été long-temps *la Troupe de Molière*.
Je m'en souviens toûjours, & ce titre, à leurs yeux,
J'aime à le croire au moins, est encor précieux.

MELPOMÈNE.

Ah! je vous suis garant de leur reconnaissance :
Votre nom, l'honneur de la France,
Est à jamais sacré pour eux.
Ils ont, comme un riche héritage,
Gardé jusqu'au Fauteuil où vous étiez assis ;
Contre le temps & son outrage,
Ils en défendent les débris.

MOLIÈRE.

M'apprenant leurs bontés, vous y joignez les vôtres,
Et de leur souvenir ce gage convaincant....

THALIE.

Mais vraiment, ce Fauteuil en vaut bien quelques autres;
C'eſt dommage qu'il ſoit vacant.
La gloire d'y ſiéger ne ſerait pas vulgaire;
Mais depuis bien long-temps , & c'eſt mon déſeſpoir,
Je n'y vois perſonne s'aſſeoir
Que *le Malade imaginaire.*

MELPOMÈNE.

C'eſt qu'il eſt des talens qu'on ne remplace pas.

MOLIÈRE.

Je ſuis flatté que Melpomène
Faſſe des miens autant de cas.
Par votre ſœur Thalie amené ſur la Scène....

MELPOMÈNE.

Serait-elle la ſeule à vous apprécier ?
J'en ſuis digne peut-être , & je dois dire encore
Que , même ſans parler de votre art que j'honore,
J'ai plus d'une raiſon de vous remercier.
Je ſais qu'autrefois le premier ,
Molière encouragea les eſſais de Racine ;
Que , démêlant dès l'origine
Tout ce qui parut fait pour acquérir un nom ;
Sur la Scène, à douze ans , il fit monter Baron.

MOLIÈRE.

J'aimai tous les talens avec idolâtrie .
Il eſt vrai, j'oſe m'en vanter,

Et c'eſt ſur-tout par-là que je crois mériter
Que ma mémoire ſoit chérie.
Tous mes Camarades jadis
Pour moi furent autant d'amis.
Tout nous était commun, travaux, plaiſir & gloire;
De tous leurs intérêts j'étais le défenſeur,
Auprès de ce grand Roi, qu'au ſein de la victoire
Amuſait de nos jeux la paiſible douceur.

MELPOMÈNE.

Eh bien, un jeune Roi, ſon digne ſucceſſeur,
Que l'Europe révère, & que ſon Peuple adore,
A fait plus aujourd'hui pour nos arts qu'il honore.
Vous-même l'avez vu ce temps,
Où nos Suppôts, jouets de mille changemens,
N'obtenaient qu'avec peine un aſyle précaire,
Y tranſportaient leur Troupe errante & tributaire;
De la ville aux fauxbourgs, de quartiers en quartiers,
Promenaient tour-à-tour leur Scène & leurs foyers.
Même, lorſque l'on crut leur demeure fixée,
Combien elle était loin d'être digne de nous!
Tandis qu'avec éclat notre gloire annoncée
Retentiſſait au loin chez des peuples jaloux,
Que des Racines, des Corneilles,
Ils venaient admirer les nombreuſes merveilles,
On les repréſentait en de triſtes réduits
Incommodes, étroits, bizarrement conſtruits,
Qui ſemblaient obſcurcir de leur ignominie

Les chef-d'œuvres créés par les mains du génie,
Des Étrangers encor les exemples perdus,
Étaient même à la France un reproche de plus.
Long-temps, à cette informe & barbare structure,
Ils opposaient l'orgueil de leur architecture.
Je voyais à regret ce luxe triomphant,
Ailleurs orner en vain mon art encore enfant,
L'Italie insulter, dans sa fière opulence,
Des Théâtres Français la grossière indigence.
Louis enfin, Louis, portant de toutes parts
Ce coup-d'œil qui console & ranime les arts,
Venge de cet affront Melpomène & la France ;
Ce Palaïs est un don de sa magnificence.
De mon nouveau séjour je puis m'enorgueillir.
Ces lieux, que tant de mains ont tâché d'embellir,
Sont eux-même un Spectacle ; ils offrent à la vûe
Des contours spacieux l'élégante étendue.
Le talent y peut prendre un vol moins limité,
La Scène, plus de pompe & plus de majesté.
Je crois revivre enfin, tout change, & Melpomène
Pourra renouveler les prodiges d'Athène.

T H A L I E.

Ce bel enthousiasme est fort dans votre goût ;
    Je reconnais-là votre style.
Thalie est à loger un peu moins difficile ;
Elle fait, il est vrai, s'accommoder de tout ;
Et pourvu que l'on rie, elle est fort bien par-tout.

A iij

Mais votre joie ici doit être partagée :
(*En lui faifant la révérence.*)
Je vous fais compliment d'être fi bien logée.
Je dois vous avouer pourtant
Qu'il me refte une inquiétude.
Ce Théâtre pompeux, ce Palais éclatant,
S'il n'attire un concours & nombreux & conftant,
N'eft qu'une belle folitude.
Il faut de Spectateurs l'orner inceffamment,
Et le Public'en eft le premier ornement.

M O L I È R E.

Eh bien ! d'où vous vient cette crainte?
Aux plus purs des plaifirs que l'efprit peut goûter ;
Vous avez toutes deux confacré cette enceinte;
Croyez-vous que jamais on puiffe la quitter ?

T H A L I E.

Eh ! eh !

M O L I È R E.

J'ai même entendu dire
Que le goût du Spectacle eft répandu par-tout.

M E L P O M È N E.

Savoir quel Spectacle & quel goût.

T H A L I E.

La mode fur ce Peuple exerce un grand empire :
Il court facilement à des plaifirs nouveaux.

Je vous confie ici notre commune peine :
    Nous avons de puiffans rivaux ,
Et dût rougir encor la fière Melpomène ,
    Ils font fêtés de toutes parts.

MOLIÈRE.

Quels font-ils, s'il vous plaît ?

THALIE.

        La Foire & les Remparts.

MOLIÈRE.

Je m'en étonne moins que vous ne pourriez croire.
J'ai combattu jadis les tréteaux de la Foire ,
Et jufqu'à *Sganarelle* il fallut m'abaiffer.
    Mais , après tout , pour votre gloire ,
C'eft un moment d'éclipfe , & cela doit paffer.

THALIE.

    Long-temps cette éclipfe-là dure ;
    Mon cher Molière , je vous jure.
    Qu'elle n'eft pas prête à ceffer.

MOLIÈRE.

La raifon cependant....

THALIE.

      Oh ! la mode eft plus forte.

MOLIÈRE.

Le Théâtre Français....

THALIE.

Le Boulevard l'emporte.

MOLIÈRE.

Oui, pour le peuple.

THALIE.

Non : hommes de tous les rai
Et la Ville & la Cour, les petits & les grands,
Tout y court : autrefois la bonne compagnie,
Donnant & l'exemple & le ton,
Entraîna par degrés toute la Nation
Vers le Spectacle du génie;
Mais chacun a son tour, & le peuple aujourd'hui
Rend les honnêtes gens aussi peuple que lui.

MELPOMÈNE.

Ma sœur, en vérité, je souffre à vous entendre.

THALIE.

Je sens qu'à cet aveu vous craignez de descendre.
Moi, j'ai le cœur moins haut & l'esprit ingénu.
Oui, sur la Scène en vain votre mérite brille.
De votre Agamemnon la tragique famille,
Avec tous ses Héros, n'a jamais obtenu
Tout le succès qu'obtient la famille *Pointu*.

MELPOMÈNE, *à Molière*.

Vous n'aviez pas prévu du moins que le vertige

Allât à cet excès ; & ce qui plus m'afflige ,
C'eſt que tout ſe reſſent de la contagion.
Parmi tant de délire & de corruption ,
Comment faire goûter à la foule égarée
Les attraits délicats d'une ſcène épurée ?
De cette abſurde école où l'on va ſe gâter ,
Qu'eſt-ce que la jeuneſſe enfin peut rapporte
De groſſiers jeux de mots , de plates parodies.
  De là des ames engourdies ,
Des cœurs froids & flétris , des eſprits dégoûtés :
Ils ne ſont plus émus , s'ils ne ſont tourmentés.
Il faut & des horreurs & des atrocités ,
Des monſtres , en un mot , au lieu de Tragédies....

T H A L I E.

Et des farces , ma ſœur , au lieu de Comédies.

M O L I È R E.

Toujours , quand on ſe plaint , on exagère un peu.
Je conçois cependant par un ſi triſte aveu ,
Que la ſatiété qui naît de l'abondance ,
De vos arts épuiſés affaiblit la puiſſance.
Ces arts , ainſi que l'homme , à la longue altérés ,
Des âges différens parcourent les degrés.
Ils ont tout comme lui l'éclat de la jeuneſſe ,
Et la maturité qui mène à la vieilleſſe.
Mais , ce que n'a point l'homme , on peut les rajeunir.
Conſervez cet eſpoir : il doit vous ſoutenir.
Chez le Français ardent , ingénieux , ſenſible ,

Croyez, en bien, en mal, tout changement poſſible.
Songez donc que bientôt deux ſiècles écoulés,
Tenant les nations à ſa gloire attentives,
En tout genre d'écrire ont rempli ſes archives
    De chef-d'œuvres accumulés.
Sans doute à ſatisfaire il devient difficile :
    C'eſt un riche raſſaſié,
Au ſein de l'opulence inquiet & mobile ;
De ſes propres tréſors quelquefois ennuyé.
Après les goûts uſés viennent les fantaiſies ;
On cherche les Laïs après les Aſpaſies,
Et de la nouveauté l'invincible deſir,
Aime plus à changer qu'il ne ſonge à choiſir.
C'eſt ainſi, croyez-moi, que la nature eſt faite.
Comptez ſur le Français : je connais bien ſes mœurs ;
Il quitte la Déeſſe & court à la griſette ;
Mais la Déeſſe enfin ne perd point ſes honneurs,
Et pour les aſſurer, il ſuffit de l'exemple
D'un Roi qui veut ſur elle épancher ſes faveurs,
Qui, lui donnant un nouveau Temple,
    Lui rendra ſes adorateurs.
    M E L P O M È N E.
    J'embraſſe cet heureux préſage,
    Et je veux à tous mes ſuivans
Inſpirer, ſi je puis, ces doux preſſentimens,
    Faits pour ranimer leur courage.
à Thalie.
Il faut les aſſembler pour la ſolemnité

Qui doit nous préparer un retour si profpère :
Je vais remplir ce foin dont mon cœur eft flatté ,
Et je vous laiffe avec Molière.

SCÈNE II.

THALIE, MOLIÈRE.

MOLIÈRE.

EH bien, Mufe, à ce qu'il paraît
Vos beaux jours font fuivis de quelque décadence ;
Et vous concevez bien que j'y prends intérêt.
Je ne faurais voir fans regret
S'avilir les beaux-arts dont s'honorait la France.
Dites-moi, le faux goût a donc tout corrompu ?
Contre lui dans mon temps j'ai fait ce que j'ai pu :
Eh, quoi ! n'en fait-on plus juftice ?
J'en ferais étonné : le Parnaffe , a dit-on,
Cent Juges au lieu d'un , tous en titre d'office ,
Qui chaque jour donnent le ton,
Régens impérieux de la Littérature :
Jamais les Écrivains , à ce que l'on m'affure,
N'ont été furveillés par de plus fiers Cenfeurs :
Les Lettres n'ont jamais eu tant de Profeffeurs ,
Levant inceffamment leurs ferrules rigides :
Comment peut-on broncher fous l'œil de tant de guides?
Tous ces Ariftarques nouveaux.....

THALIE.

Eh ! que dites-vous là ? C'eſt un de nos fléaux.
L'amour-propre & la faim, l'envie & l'impuiſſance,
Ont ſur un tribunal élevé l'ignorance,
Et l'eſprit de parti s'en eſt fait le ſoutien;
Sur les arts dégradés il prétend qu'elle règne;
        Depuis que chacun les enſeigne,
        Perſonne n'y connaît plus rien.
Le dernier des grimauds, échappé du Collège,
S'arroge de juger l'orgueilleux privilège,
Et prononçant en maître, écrit en écolier.
L'appât du gain encore invite à ce métier,
Et le talent au moins, pour dernière victoire
Force ſes ennemis à vivre de ſa gloire.
Le nombre par malheur quelquefois leur fait tort;
Chacun d'eux ſe cantonne ainſi que dans un fort.
Là, comme l'Artiſan au bord de ſa boutique
D'une voix empreſſée appelle la pratique,
Comme le Charlatan vante ſur ſes tréteaux
Le baume merveilleux qui guérit tout les maux :
Meſſieurs, je ſuis le ſeul... Meſſieurs, je ſuis l'unique...
Oui, le ſeul infaillible.... & le ſeul véridique....
Mes avis ſeuls ſont bons......les miens ſont approuvés......
Croyez, Meſſieurs, croyez, & ſur-tout ſouſcrivez.
Voilà, pour la plupart, quel eſt leur protocole :
Le Public a par fois déſerté leur école;
        Et de ces petits arſenaux,
Qui tonnent à grand bruit ſur la double colline,

Il en eſt qui, malgré leur foudre & leurs travaux,
   Ont capitulé par famine.

MOLIÈRE.

Je comprends qu'en effet l'on doit être un peu las
   De ces ſatyriques fatras,
   De ces inſipides brochures.
Mais dans la foule au moins eſt-ce qu'il n'en eſt pas
Qui ſavent critiquer ſans fiel & ſans injures?

THALIE.

Oui, mais la raiſon ſeule a de faibles appas;
   Auſſi d'autres ont eu l'adreſſe,
   Pour piquer du Public la curioſité,
   Et ſa dédaigneuſe pareſſe,
De recourir du moins à la variété,
   A mille objets de toute eſpèce.

MOLIÈRE.

Mais de mon temps, déjà l'on s'était aviſé
   D'une ſemblable bigarrure.
   Je m'en ſouviens, & De Viſé ....

THALIE.

   Vous voulez dire le Mercure.
   C'eſt bien autre choſe aujourd'hui.
Pour ſauver aux lecteurs la fatigue & l'ennui
   Que l'on peut avoir à s'inſtruire,
A la forme d'extraits on a ſu tout réduire.

D'une telle méthode on fait un très-grand cas.
L'esprit est aujourd'hui par ordre alphabétique.
　　Dictionnaires, Almanachs,
Voilà tout ce qu'on lit ; mais un chef-d'œuvre unique
　　En fait d'abrégé, c'est, ma foi,
　　La Feuille de Paris : pour moi,
J'en conviendrai, je l'aime à la folie.
Vous savez qu'une Thèse, illustre en Italie,
Dans son titre annonçait *tout ce qu'on peut savoir ;* *
Cette Thèse est la Feuille, & vous y pouvez voir,
Et voir tous les matins, les morts, les mariages,
L'histoire du moment, les spectacles du soir,
Les leçons de Physique, & le prix des fourages,
　　Et des livres & des fromages,
Le temps qu'il fit la veille, un poëme nouveau,
　　Les querelles sur la Musique,
　　Et la réponse & la réplique,
　　Et la séance Académique,
　　Et puis le combat du taureau,
　　La Satyre & l'Épithalame,
Un trait de bienfaisance auprès d'une épigramme ;
Et le cours des effets, & la chûte d'un drame.
Le change, le marché, la coulisse, les Arts,
Scellés, mutations, domiciles, remparts,
Les Sciences, les Prix, les vents & les orages,
Le beurre & les œufs frais, le tout en quatre pages.

---

* La Thèse de Pic de la Mirandole : *De omni Scibili.*

MOLIÈRE.

Quelle Encyclopédie, ô Ciel! qu'un tel Journal !
Et c'eſt tous les matins une beſogne prête ?

THALIE.

C'eſt, après l'Almanach Royal ,
L'ouvrage qui demande une plus forte tête.

MOLIÈRE.

Vous vous égayez, Muſe , & votre eſprit malin
    A railler eſt toujours enclin.
Le rire vous va bien : il ſied à votre mine.
    Entre nous, ne pourriez-vous pas
Aux Auteurs que l'on voit courtiſer vos appas ,
Inſpirer plus ſouvent votre gaité badine ?
Ils ont tous de l'eſprit, & beaucoup, vos Auteurs ;
Mais je vous l'avouerai, je les trouve un peu triſtes.
Chez les morts, tout comme ailleurs ,
    Nous avons nos Nouvelliſtes,
    Ils s'amuſent à m'apporter
    De temps en temps des Comédies ,
    Que l'on dit même être applaudies ;
Et c'eſt apparemment pour m'impatienter ;
Car cent fois un jour, je ſouffre le martyre
A pouvoir deviner ce qu'on a voulu dire.
    De Paſcal & de Deſpréaux
Il faut bien que la langue enfin ſoit ſurannée ;
Ce ſiècle étrangement l'a perfectionnée.

Ce font des tournures, des mots,
Mais des mots!... je ferais cent ans à les comprendre,
Et je ne fais où diable ils ont été les prendre.
Ils rebattent toujours certains termes abftraits,
Qu'ils combinent entre-eux d'une manière étrange,
Monotone affemblage, & ténébreux mélange,
Dont on ne les tire jamais :
C'eft le *cœur & l'efprit, l'ame & le caractère,*
La nature, l'honneur, le devoir, le myftère....
C'eft un dialogue coupé,
Haché, brifé, heurté, qui fatigue & qui tue ;
La phrafe à tout moment demeure fufpendue,
Et le fens refte enveloppé,
Si tant eft qu'il exifte... ils affectent fans ceffe
Un ftyle d'ironie, équivoque entretien,
Où l'Auteur entend bien fineffe,
Mais où le Lecteur n'entend rien :
C'eft ce qu'ils ont nommé, je crois, du *perfiflage.*
Ce genre de gaité n'eft pas à mon ufage,
Je l'avouerai fans peine, & j'en fuis confolé ;
Mais lorfqu'en les lifant j'ai le cerveau troublé
De cet entortillage où leur efprit s'occupe,
Je me tiens pour bien *perfiflé,*
Et je fens à l'ennui dont je fuis accablé,
Que c'eft moi qu'on a pris pour dupe.

T H A L I E.

Moi, je voudrais vous divertir.
Demeurez en ces lieux : vous y verrez venir

Les

Les curieux que ce jour nous attire:
Cela pourra vous faire rire.
C'eſt un emploi tout fait pour un obſervateur.
La Renommée, ici, par mon ordre publie
   Les Audiences de Thalie:
   Je vous fais mon introdu&cteur,
Mon ſubſtitut.

MOLIÈRE.

Ce titre eſt pour moi trop flatteur.

THALIE.

Qui le mérite mieux? Adieu; je me retire,
   Et pour parler comme ma ſœur,
Je vais donner une heure au ſoin de mon Empire. *

SCÈNE III.

MOLIÈRE, *ſeul.*

Qu e l'audience au moins n'aille pas m'ennuyer
   Ou bientôt je la congédie.
C'eſt un fardeau trop lourd, s'il faut qu'ici j'eſſuye
Tous les originaux qui peuplent le foyer.

---

* Vers de Zaïre.

SCÈNE IV.

MOLIÈRE, M. BAPTISTE.

M. BAPTISTE.

Si vous êtes Monsieur, un suppôt de Thalie…

MOLIÈRE.

Tout prêt à vous servir.

M. BAPTISTE.

Je viens à son Bureau
Offrir un ouvrage nouveau.
Pourrai-je me flatter que votre voix l'appuie ?
J'ai fait pour aborder des efforts superflus.
La foule des Auteurs inscrits pour être lus
Me force à renfermer (& c'est un long supplice !)
Les timides essais d'une muse novice.
Pour les talens naissans on a bien peu d'égard.

MOLIÈRE.

A votre air, j'aurais cru votre muse un peu mûre.

M. BAPTISTE.

Elle a pris son essor, je l'avoue, un peu tard,
Mais sans les délais que j'endure,
On aurait de moi, je vous jure,
Vû plus d'une production.

De cet inftant heureux, mes vœux, hâtent l'approche,
Et j'ai depuis long-temps ma réputation,
   Comme bien d'autres, dans ma poche.

M O L I È R E.

Peut-être le plus fûr ferait de l'y garder.
Vous favez trop, Monfieur, ce qu'on peut hafarder.
Le Public fut toujours un redoutable Maître.

M. B A P T I S T E.

A qui le dites-vous ? Qui le peut mieux connoître ?
   Quelqu'un a-t-il vû de plus près
   Les révolutions du Théâtre Français ?
Et quelqu'un mieux que moi, peut-il favoir l'hiftoire
Des Pièces, des débuts, des chûtes, des fuccès ?
J'eus l'oreille toujours voifine des fifflets;
C'eft de-là qu'eft venu mon amour pour la gloire.
Oui, Monfieur, le métier que j'ai fait dans Paris,
M'à fait paffer ma vie avec les beaux-efprits.

M O L I È R E.

   Quel étoit donc votre état, je vous prie ?

M. B A P T I S T E.

Je fus dans un café plus de vingt ans garçon,
Chez Procope d'abord, & puis chez Dubuiffon;
   Tout vis-à-vis la Comédie.
C'étoit-là que venaient Poëtes à foifon.
Je ne fais fi l'inftinct agiffait par avance,
Mais j'eus toujours pour eux beaucoup de bienveillance;

C'était moi qui fervais le Café de Piron.
Il était jovial. Je l'aimais : fon génie
    Avait des momens fort heureux.

M O L I È R E.

Par exemple, celui de la *Métromanie.*

M. B A P T I S T E.
    De ce genre il n'en eut pas deux.

M O L I È R E.

Oui ; mais c'eft beaucoup d'un, & je vous le fouhaite.

M. B A P T I S T E.

En économifant mon profit journalier,
Revendant des billets dont j'étais le courtier,
Donnant à lire auffi les Feuilles, la Gazette,
Je gagnai de quoi faire une honnête retraite.

M O L I È R E.

Vous aimiez tant votre métier :
Comment d'y renoncer eûtes-vous le courage ?

M. B A P T I S T E.

Ah ! les Comédiens quittèrent le quartier,
Et bientôt le Café n'eut plus d'Aréopage.
J'en ai gémi long-temps : enfin dans mon dépit,
Accoutumé de vivre avec des gens d'efprit,
Et déjà de leur art ayant quelqu'habitude,
J'ai fu mettre à profit mon temps, ma folitude...
Je fuis moi même Auteur... Un Poëte indigent,

A qui dans le befoin j'ai prêté de l'argent ,
En mourant m'a fait légataire
De certain manufcrit , dont je fuis , à bon droit ,
Devenu le propriétaire :
C'eft une Comédie ; il n'eft pas un endroit
Qui ne foit travaillé de nouveau : d'où l'on voit
Que le tout m'appartient.

MOLIÈRE.

Oh ! je le crois bien vôtre.

M. BAPTISTE.

L'Acte avait des beautés , & lorfqu'il fut joué ,
On n'en fiffla que la moitié.

MOLIÈRE.

Le refte était meilleur ?

M. BAPTISTE.

On ne joua pas l'autre.
Mais comme je vous dis , l'ouvrage eft tout nouveau.
Voyez : c'eft...

(Il montre à Molière le titre du Manufcrit.)

MOLIÈRE, *lifant.*

Le Souper.

M. BAPTISTE.

C'eft un cadre fort beau ,
Et tout y peut entrer , je penfe.
Je vous dirai bien plus , mais avec confidence : *

---

* Vers de Polieucte.

B iij

Je me fuis avifé d'un touringénieux.

De vingt pièces jadis tombées,
Et qui n'exiftent plus que chez les curieux ;
J'ai pris les vers les plus heureux,
Et de ces beautés dérobées,
J'ai fait un tout miraculeux.

MOLIÈRE.

Comment ! vous êtes plagiaire !
Mais cela n'eft pas bien.

M. BAPTISTE.

Oh ! j'ai plus d'un confrère ;
Et puis, qui le faura ? .... L'écrit le plus mauvais
A prefque toujours quelques traits :
Et les rendre publics ferait-ce un tort extrême ?

MOLIÈRE.

Il faudrait commencer par être en fond foi-même.
Je fais qu'il eft d'heureux larcins
Qu'on pardonne aux bons Écrivains ;
Mais fur ce titre feul l'indulgence fe fonde ;
Pour ofer autant qu'eux, il faut les égaler.
Le Parnaffe eft comme le monde ;
On n'y permet qu'aux riches de voler.
D'ailleurs, comment faire un enfemble
De ces lambeaux épars qu'au hafard on affemble ?

M. BAPTISTE.

Bon ! leur place eft par-tout : ce font de ces morceaux

Toujours vieux & toujours nouveaux,
De ces paquets de vers où l'Acteur se déploie,
Que des bords du Théâtre au Parterre on envoie.
Bien ou mal amenés, ils font des brouhahas....
Mais ce qui m'appartient, ce qui vaut mieux encore,
Et que dans mon ouvrage on trouve à chaque pas,
C'est un genre d'esprit qu'aujourd'hui l'on adore,
    Et dont, pour moi, je fais grand cas.
Les Calembours.

MOLIÈRE.
Quel mot est cela ?

M. BAPTISTE.
        Quoi!....

MOLIÈRE.
            J'ignore
Ce que c'est.

M. BAPTISTE.
Se peut-il? Vous ne connaissez pas
Les Calembours ?

MOLIÈRE.
Moi! non.

M. BAPTISTE.
        Eh! mais tout en abonde.
Vous venez donc de l'autre monde?

MOLIÈRE.
Peut-être.

M. BAPTISTE.

Enfin, Monfieur, vous êtes de la Cour
De Thalie, & pouvez....

MOLIÈRE.

Ici, de cette Mufe
Je fuis le Subftitut, & promets dans l'inftant
(*Montrant le Manufcrit.*)
De mettre entre fes mains ce dépôt important.
Me le confierez-vous ?

M. BAPTISTE, *le lui donnant.*

Qui, moi! que je refufe
Un fervice pareil ! ....

MOLIÈRE.

Oui, mais à votre tour,
Une grace.

M. BAPTISTE.

Ordonnez.

MOLIÈRE.

Si cela vous amufe,
Pourriez-vous point, Monfieur, me faire un Calembour.

M. BAPTISTE.

Vous voulez, je le vois, éprouver mon génie
Pour la pointe & les jeux de mots.

MOLIÈRE.

Quoi! ce n'eft que cela? Ce genre de faillie
Eft connu dès long-temps....

M. BAPTISTE.

Oh ! ceux-ci font plus beaux.
Ils tiennent de l'énigme, ils font faits pour furprendre,
Et les meilleurs font ceux qu'on peut le moins comprendre.
Auffi, tel qui par-là s'eft fait beaucoup valoir,
Les cherche le matin pour les dire le foir.
L'impromptu, dans ce genre, eft le fruit de l'étude,
Du talent . . . .

MOLIÈRE.

Vous devez en avoir l'habitude.

M. BAPTISTE, *avec colère.*

Oh! fi c'eft votre goût, parbleu, de tout côté
Vous en pouvez avoir jufqu'à fatiété.
A la Ville, à la Cour, en vers, ainfi qu'en profe,
En caufant, en foupant, on ne fait autre chofe ;
Il faut, pour ignorer ce qu'eft un Calembour,
Être bien dur d'oreille, ou bien plus.... Eh! bon jour.
Serviteur.... (*à part.*) J'en dirais plus que je ne veux dire.

SCÈNE V.

MOLIÈRE, *seul.*

JE ne le saurai pas.... Qui pourra m'en instruire ?
Ce manuscrit, peut-être... Oui, si j'en crois l'Auteur...
Mais qui nous vient encor ? Autre solliciteur
Sans doute.... Celui-là paraît fort en colère.

SCÈNE VI.

MOLIÈRE, M. MISOGRAMME.

Toute cette Scène doit être jouée d'un ton brusque.

M. MISOGRAMME.

PUIS-JE vous demander, Monsieur, sans vous déplaire,
Si Thalie en ces lieux voudra me recevoir ?
Il faut que je lui parle.

MOLIÈRE.

Oüi, vous pourrez la voir.
En attendant, parlez : je suis à son service,
Que voulez-vous ?

M. MISOGRAMME.

Je viens lui demander justice.

MOLIÈRE!

Juſtice! contre qui, Monſieur?

M. MISOGRAMME.

Contre un travers
Qui depuis trop long-temps infecte l'univers,
Qui, dans Paris ſur-tout, abondamment pullule,
Et met les têtes à l'envers,
Qu'il faut frapper enfin des traits du ridicule....
La rage de l'eſprit, de la proſe & des vers,
La rage d'imprimer, de juger & d'écrire.
Je n'y puis plus tenir, Monſieur, c'eſt un délire
Que par-tout je retrouve, & qui fait mon malheur.

MOLIÈRE.

Juvénal s'en plaignait; vous voyez bien, Monſieur,
Que depuis long-temps on en gronde :
C'eſt un de ces abus auſſi vieux que le monde.

M. MISOGRAMME.

Oh! jamais il ne fut ce qu'il eſt aujourd'hui;
La folie eſt au comble, auſſi-bien que l'ennui.

MOLIÈRE.

Et ſi l'on écrit mal, qui vous force de lire?

M. MISOGRAMME.

Cela vous eſt facile à dire.
S'agit-il ſeulement de lecture? Ma foi,
Je n'ai guères le temps de lire, quant à moi.

Ma caiſſe & mes bureaux m'occupent que de reſte.
Mais ſavez-vous, Monſieur, que ce mal ſi funeſte
A pris, pour mes péchés, racine en mon logis,
Comme il la prend par-tout?... Le Diable, en ſa furie,
A ma femme inſpira l'amour des Beaux-eſprits.
Malgré moi, ma maiſon eſt une Académie:
Sans ceſſe on y récite, on y diſpute, on crie.
L'eſprit en a banni la paix & la gaîté,

  Et l'aiſance & la bonhommie,
  Et la joie & la liberté,
  Si néceſſaires dans la vie,
  Et ſi bonnes pour la ſanté.

MOLIÈRE

L'eſprit ne les vaut pas, j'en conviens.

M. MISOGRAMME.

        Que j'expire
Si je ments d'un ſeul mot... les matins, occupé,
D'affaires, de calculs ſans ceſſe enveloppé,
Je compte à mon dîner me délaſſer & rire,
Et j'en ai grand beſoin : au lieu de bons amis,
Qui rendraient à l'envi mon repas agréable,
Je vois des inconnus environner ma table
Y ſiéger gravement : à peine eſt-on aſſis,
Auſſi-tôt s'établit une diſpute en règle,
On répète les mots de *génie* & de *goût*,
On ne s'entend ſur rien, & l'on contredit tout.

C'eſt ceci , c'eſt cela : c'eſt un *ſot* , c'eſt un *aigle*. . .
Si la diſpute ceſſe , arrivent à propos
Les énigmes du jour & les *rébus* nouveaux.
C'eſt à qui le plus tôt en ſera l'interprète ;
Chacun les yeux baiſſés rêve ſur ſon aſſiette.
Moi qui voudrais ailleurs tenir table long-temps ,
Je preſſe mes morceaux , j'enrage entre mes dents ,
Sûr de digérer mal un dîner qui m'ennuie :
Je crois , le café pris , faire au moins ma partie ,
En voyant apporter une table de jeu. . . .
    Point du tout : c'eſt une lecture. . . .
De n'en jamais entendre on ſait que j'ai fait vœu.

MOLIÈRE.

Pourquoi ?

M. MISOGRAMME.

    Quand jai dîné , Monſieur , c'eſt choſe ſûre ,
Que ſi l'on me liſait l'ouvrage le meilleur ,
Je ronflerais debout à côté de l'Auteur.

MOLIÈRE.

Ah ! c'eſt une raiſon.

M. MISOGRAMME.

    Touché de ma détreſſe ,
Un honnête-homme alors m'offre , par politeſſe ,
    Et pour diſſiper mon chagrin ,
De faire mon trictrac dans un ſallon voiſin.
Autre calamité : *vous nous rompez la tête.*

Quel bruit, pendant qu'on lit ! & que c'est malhonnête !...
Que répondre ?.. Je prends ma canne & mon chapeau ;
Pour me diftraire un peu, je m'en vais au Caveau.
Je m'accofte d'un homme, à ce qui paraît, fage.
Je veux l'entretenir, comme c'eft mon ufage,
D'objets intéreffans pour tout bon citoyen,
     De ce que l'on a fait de bien.
     Dans la finance, en politique ;
Je veux lui dire un mot de Nantes, de Bordeaux,
     De nos fuccès en Amérique,
     Et du retour de nos vaiffeaux.
Soudain dans le café fond, comme une tempête,
     L'effaim bruyant des connaiffeurs.
     Un braillard qui marche à leur tête
Donne par un feul mot le fignal des clameurs :
Que dites-vous, Meffieurs, de la Pièce nouvelle ?
Auffi-tôt grands débats, effroyable querelle.
Mon homme m'abandonne & joint nos difputeurs.
Tous parlent à la fois : dans le bruit de leur guerre,
     On n'entendrait pas le tonnerre.
Je me fauve effrayé, je rentre en ma maifon,
     En maudiffant ma deftinée,
De n'avoir pu trouver, dans toute ma journée,
     Quelqu'un à qui parler raifon.

       MOLIÈRE.

Je ne puis tout-à-fait blâmer votre colère.
L'abus qui vous irrite eft impatientant,
Je l'avoue, & vous trouve à plaindre, prefque autant

Que le Chrisalde de Molière.
> M. MISOGRAMME.

Molière ! que me dites-vous ?
Eh ! que Dieu nous le rende ! il nous vengerait tous.
Les abus de son temps n'approchaient pas des nôtres.
>> Chrisalde tourmenté chez lui,
Pouvait aller au moins respirer chez les autres ;
Moi, je trouve en tous lieux le fleau que j'ai fui :
>> De tous les côtés il m'assiége.
>> Un camarade de Collège
Mon ami, mon confrère, & que je croyais loin
De penser à rimer, m'abordant sans témoin,
D'un air mystérieux, tire de ses tablettes
Le volume ignoré de ses œuvres secrettes.
Mon Commis, à sa table écrivant de travers,
Ne sait pas l'orthographe & fait faire de vers.
J'entre dans mon bureau pour affaire qui presse :
Pas une ame : où sont-ils ? Je fais courir après...
Un enragé d'Auteur, ce jour-là tout exprès,
Les a tous enlevés pour applaudir sa Pièce.
Car, Dieu merci, chez moi, de la cave au grenier,
Ils ont tous plus ou moins la fureur du métier.
De leur maudit jargon j'ai l'oreille étourdie.
Mon fils en Rhétorique a fait *sa Tragédie.*
C'est chez moi qu'on bâtit les réputations.
On y crie à l'*horreur* ou bien à la *merveille.*
Ma fille à quatorze ans juge déjà Corneille.
Ils ont toujours en main je ne sais quels chiffons,

Ou j'entends répéter d'un ton de fuffifance :
Nous croyons, nous jugeons, nous penfons, nous blâmons.....
        Comme le Roi , dit *nous voulons.*
        Têtebleu , dans toute la France ,
        Il n'eft point affez de fifflets ,
Affez de bonnets d'âne , affez de camouflets ,
Pour tant de ridicule & tant d'impertinence.

M. O L I È R E.

Quel remède à cela ? *Chacun à ce métier ,*
Peut perdre impunément de l'encre & du papier.
Boileau l'a dit.

M. M I S O G R A M M E.

        Monfieur , c'eft un mal politique ;
C'eft une épidémie , une pefte publique ,
Qu'il faudrait extirper de la fociété :
C'eft la fainéantife & l'inutilité.
Tel qui creve de faim à barbouiller des livres ,
Pourrait dans un Bureau gagner fes huit cent livres ,
Et ferait cent fois mieux ; n'en conviendrez-vous pas ?

M O L I È R E.

Oui ; mais la Poéfie a de puiffans appas.
L'imaginarion craint d'être refroidie ,
L'arithmétique eft feche & glace le génie.

M. M I S O G R A M M E.

Le génie ! oui voilà leur refrein importun ;

Ils ont tous du *génie* & pas le fens commun.
Je vous l'ai déjà dit, je lis peu : je n'ai guere
  Le temps de prendre ce plaifir ;
Mais c'en eft un pour moi quand je fuis de loifir ;
Un que je goûte fort, du moins à ma manière,
J'aime les bons Auteurs, Monfieur, je les révère ;
Je fens qu'à leurs travaux l'État doit mettre un prix ;
Je me tiens fort heureux qu'ils m'amufent, m'inftruifent,
  Et lorfque j'ai lû leurs écrits,
Je crois avoir fouvent penfé ce qu'ils me difent.
  Mais pour un troupeau d'étourdis,
De rimeurs écoliers, de faifeurs de fornettes
Parafites à table & flatteurs aux toilettes,
Quoi de plus inutile ? Eft-il en vérité
Efpèce plus à charge à la fociété ?
Qui les met à la mode ? un tas de femmelettes,
Qui veulent s'établir protectrices d'Auteurs,
  Qui raffemblent dans leur manie
Les faux airs qu'ont produits nos ridicules mœurs ;
  Le *bel efprit* & la *chimie*,
  Le *fentiment* & les *vapeurs*.
Faut-il pas que chacune ait fon Poëte en titre,
Qu'elle fait de fes goûts & l'oracle & l'arbitre ?
Ma femme, l'autre jour, n'a-t-elle pas voulu
Me faire tout quitter, m'amener au Spectacle,
Me faire malgré moi crier *bravo*, miracle,
Pour fon cher protégé, que je n'ai jamais lû,
Par bonheur ; *ah* ! *Monfieur, venez, la pièce eft belle* ;

C

Nous devons à l'Auteur cette marque de zèle.
  Il a fait des vers pour Zizi :
   (C'est sa perruche), c'est joli
Au possible ; il a peint Zizi d'après nature . . . .
Et puis cet homme là, c'est une créature
     Charmante, & d'un cœur excellent,
D'une douceur de mœurs !.... d'ailleurs un vrai talent,
Et fait pour aller loin.... Il s'ensuivait qu'en somme
Le Chantre de Zizi devait être un grand homme.

MOLIÈRE.

Vous avez bien raison : il faut de ces tableaux
     Pour la palette de Thalie,
Et je vois là de quoi fournir à ses pinceaux

M. MISOGRAMME.

Monsieur, si quelque bonne & franche Comédie
Ne fait justice enfin de ces originaux,
Je prendrai mon parti : je m'enfuis dans ma terre.
Elle est dans un canton retiré, solitaire ;
Ce font de bonnes gens qui peuplent le pays ;
Tant mieux : de mes vaffaux je ferai mes amis.
     Il ne m'en faut pas davantage.
Peu m'importe la mode, & j'aurai, s'il vous plaît,
A ma table, en dépit du bon ton, de l'usage,
Mon Bailli, mes Fermiers, le Chantre du Village,
Qui, je l'espère au moins, ne feront point d'ouvrage,
     Et viendront faire mon piquet ;
     Et je prétends qu'aucun valet

Ne foit reçu chez moi, s'il n'a pour s'y produire
Un bon certificat.... comme il ne fait pas lire.

SCÈNE VII.

MOLIÈRE, *feul.*

Avec un peu d'humeur il a dit vérité ;
Et fon bon fens paraît dans fa vivacité.
Cette foule d'Auteurs eft vraiment une plaie
Dont le Pinde gémit & la raifon s'effraie.

SCÈNE VIII.

MOLIÈRE, M. CLAQUE.

M. CLAQUE : *il entre en fe parlant à lui-même,*

Palsambleu, celui-là pouvait-il fe prévoir ?
    On dit bien vrai que dans la vie
    On ne peut du matin au foir
Jamais compter fur rien ; mais du moins à Thalie
J'en dirai mon avis : nous verrons fi pourtant.....

MOLIÈRE.

Vous ne paraiffez pas content,
Monfieur ; puis-je favoir ?.....

M. CLAQUE.

Ah ! Monſieur, je vous prie
De m'excuſer : je ne vous voyois point.....
  Ma tête eſt troublée à tel point!....
Et qui diable tiendrait au revers qui m'aſſomme ?
  Oui, Monſieur, vous voyez un homme
Ruiné, furieux : un coup inattendu
M'ôte mon exiſtence ; enfin j'ai tout perdu,
  Mes appointemens & ma place,
J'oſe dire un état que je m'étais formé.....
Je ſuis, pour vous compter en un mot ma diſgrace,
  Un Capitaine réformé

MOLIÈRE.

Réformé ! dans le temps où la France eſt en guerre ?

M. CLAQUE.

Oh ! la guerre & la paix, tous les temps m'étaient bons,
  Mes campagnes, mes garniſons,
  Mon ſervice.....étaient au parterre.
Je ne vous cache rien ; car au premier abord
J'ai vû qui vous étiez : je ne m'y méprends guère ;
Vous venez de Province, ou je me trompe fort,
Pour débuter : voilà l'habit de caractère.
Sans doute en ce moment vous allez répéter.

MOLIÈRE.

Mais en effet ici je joue un rôle.

M. CLAQUE.

Eh ! mais j'en étais sûr.....il n'était pas besoin
De me le confirmer : oh ! je flaire de loin.
Un Débutant.

MOLIÈRE, *à part.*

Ma foi, le personnage est drôle :
On peut s'en amuser

M. CLAQUE.

Vraiment j'ai pu juger
Qu'ici vous étiez étranger.
Est-il dans les foyers quelqu'un qui ne connaisse
Monsieur Claque ?

MOLIÈRE.

Monsieur Claque !

M. CLAQUE.

Eh ! oui, c'est mon nom.
A vos pareils je m'intéresse ;
Et si je puis vous être bon,
Disposez de moi. Je confesse
Que mes moyens sont bien déchus ;
Je ne suis pas ce que je fus.
(*Montrant la Salle.*)
Voilà de mon malheur la cause trop fatale.

MOLIÈRE.

Et qui donc l'a produit ? .

M. CLAQUE.

Qui !.... la nouvelle Salle ,
Le Parterre détruit. . . . Ah ! c'eſt détruire tout ,
La gloire, les ſuccès, le Spectacle , le goût.
Tout un Public aſſis ! beau projet ! fort utile !
Eh ! comment gouverner cette maſſe immobile ,
Lui donner déſormais la vie & l'action ,
En diriger l'impulſion ?
Mais contre cet abus hautement je réclame :
Un Parterre ſans chefs, c'eſt comme un corps ſans âme.

MOLIÈRE.

Il avait donc des chefs ?

M. CLAQUE.

Comment ! mes compagnons
Et moi, Monſieur , depuis vingt ans nous y régnons,
C'était une très-bonne affaire ,
Tous les intéreſſés , braves gens , comme moi.
N'eſt-ce pas un honnête emploi ,
De prêter aux talens un appui néceſſaire ?
Les nouveautés & les débuts
Payaient à mes travaux de bien juſtes tributs :
Toute peine vaut ſon ſalaire ,
Fallait-il pas avoir mes Bureaux, mes Commis ?

MOLIÈRE.

Vous aviez-là , Monſieur , un petit miniſtère.

M. CLAQUE.

Tout Débutant chez moi d'abord était admis,
Conduit par mes agens ou par quelques amis,
Et du premier coup d'œil je jugeais son *physique.*

MOLIÈRE.

Son *physique* ! Comment ! Qu'entendez-vous par-là ?

M. CLAQUE.

Parbleu, la question est bonne ; mais cela
Se comprend de soi-même, & faut-il qu'on l'explique ?

MOLIÈRE.

Mais encor ?

M. CLAQUE.

   Par ce mot on entend à la fois
Le maintien, la figure, & la taille & la voix,
Les dons extérieurs, les qualités prescrites....

MOLIÈRE.

Mais, si vous m'aviez dit d'abord ce que vous me dites,
Je vous aurais compris sans peine.

M. CLAQUE.

       Mais pourtant
C'est le mot consacré, c'est le terme technique ;
Et jamais on n'annonce Actrice ou Débutant,
  Qu'on ne parle de leur *physique.*

MOLIÈRE.

Pardon.

M. CLAQUE.

Prétendez-vous que je m'exprime mal ?
Vous êtes, ce me semble, un peu Provincial.
Votre *physique* à vous, par exemple, est comique.

MOLIÈRE.

Je vous suis obligé, Monsieur, pour mon *physique*.

M. CLAQUE.

Oui, je vous ai toisé.... J'ai fait avec succès
Débuter ici vingt sujets
Qui ne vous valaient pas : plus le talent est mince ;
Plus cela coûte aussi : rien n'est plus important
Que d'avoir à Paris un Début éclatant,
On en est beaucoup mieux payé dans la Province.
Dans ces cas-là, Monsieur, il faut s'exécuter :
On fait ce qu'il en doit coûter.
J'avais mes Lieutenans, mes premiers camarades
Qui distribuaient les Brigades ;
Chacun avait son poste & répondait d'un coin :
Moi, j'occupais le centre, & tous avaient le soin
D'avoir toujours vers moi le regard & l'oreille ;
Et dès que j'avais dit *bien*, *fort bien*, *à merveille*,
Ils faisaient un *chorus* !.... Et puis adroitement
Je savais ranimer un applaudissement. . . .
Allez donc.... *beau*.... *bravo*.... C'était un tintamare,
Et des pieds & des mains, des cannes !... un succès
Fou.

MOLIÈRE.

C'est le mot.

M. C L A Q U E.

                    Cela fe répandait : d'après
Un début fi brillant, c'était un fujet rare.
Vous fentez que d'avance on payait mes exploits.
          Joignez-y les Pièces nouvelles
Que l'on faifait aller, grace à moi, telles quelles.
Je gagnais en *bravo* mes vingt écus par mois,
Et ce n'eft pas trop cher, Monfieur, en confcience.

M O L I È R E.

Oui, cela fait fur-tout une honnête exiftence.

M. C L A Q U E.

Bon ! eft-il rien ici de ftable & de réel ?
Et qui n'aurait pas cru le Parterre éternel ?
Voilà tous mes talens devenus inutiles :
Avec des Spectateurs fur leurs fiéges tranquilles,
Soyez fûr déformais, pour les voir applaudir,
Qu'il faut abfolument qu'on leur faffe plaifir.
Je vois que ma carrière eft à-peu-près remplie,
Et je vais préfenter ma Requête à Thalie,
          Un Mémoire aux Comédiens.
          Des fervices comme les miens
Ne font pas, après tout, des titres qu'on rejette ;
          Et je fuis content, fi j'obtiens
          Une penfion de retraite.

M O L I È R E.

La demande eft trop jufte.

M. C L A Q U E.

      Oui : c'eſt un attentat
Que de priver ainſi les gens de leur état.
Nous verrons … Quant à vous, tout ce que je puis faire,
C'eſt de vous répéter vos rôles de début.
Je connais mon Public, je ſais ce qui peut plaire,
  Et je puis vous conduire au but.

M O L I È R E.

Vous avez de cet art fait une grande étude ?

M. C L A Q U E.

Oh! non, pas trop ; mais l'habitude !
Moi, j'en ai tant formé ! j'ai fait quelques ingrats ;
Mais il y faut compter, & je n'en parle pas.
Quand vous voudrez, je ſuis fort à votre ſervice …
Chez moi … tous les matins… de ma profeſſion,
Il ne me reſte plus que ce ſeul exercice …
Mais que ſur ma Requête on me faſſe juſtice,
  Ou dans mon indignation
Contre la Comédie … enfin je ſais qu'en dire …
Il me reſte un Théâtre, il me reſte un Empire,
Où ma voix, ma cabale a toujours triomphé.
Je puis les perdre encore...

M O L I È R E.

  Où donc ?

M. C L A Q U E.

    Dans le Café.

SCÈNE IX.

MOLIÈRE, *seul.*

Voila de ces gens d'une efpèce
Qu'on ne rencontre qu'à Paris.
Quel métier !... & pourtant il avait bien fon prix,
Et c'eft grand dommage qu'il ceffe.
J'entends venir de ce côté
Un nouveau perfonnage... il a l'air éventé.

*(Il chante, ture lure & flon, flon, flon, chacun
a fon ton, fon allure, &c.)*

SCÈNE X.

MOLIÈRE, LE VAUDEVILLE.

LE VAUDEVILLE, *chante.*

Air : *Pour la Baronne.*

Le Vaudeville
A l'honneur de vous faluer ;
Il eft très-fêté par la Ville :
Daignez, s'il vous plaît, agréer
Le Vaudeville.

MOLIÈRE.

Apparemment Monfieur ne parle qu'en chantant.

LE VAUDEVILLE, *il chante.*

Même Air.

Lorsque je chante,
Souvent le sens n'est pas trop bon,
La rime est quelquefois méchante;
Mais enfin j'ai toujours raison
Lorsque je chante.

MOLIÈRE, *à part.*

Il est naïf, au moins ; je le trouve amusant.
(Haut.)
Thalie a dans ces lieux établi son domaine;
Auprès d'elle, Monsieur, qu'est-ce qui vous amène ?

LE VAUDEVILLE, *il chante.*

Air : *Non, je ne ferai pas.*

Je suis le plus joyeux des Enfans de Thalie,
Près d'elle je conduis Momus & la Folie ;
Et mes chants & leurs jeux, au Théâtre Français,
Ont souvent partagé l'honneur de ses succès.

MOLIÈRE.

On m'a dit qu'autrefois on vous vit à sa cour,
Accompagner Legrand, Fuzelier & Dancourt.
 Mais si je fais bien votre histoire,
Votre séjour natal, votre empire est la Foire,
 Et c'est-là que vous êtes né,
Que Panard & Vadé, Piron, Favart, le Sage,
 De leur esprit vous ont orné.
 Prétendriez-vous davantage?

LE VAUDEVILLE, *il chante.*

AIR : *Mon petit cœur.*

Ignorez-vous jufqu'où va ma puiffance,
Ce qu'elle obtient & d'éclat & de prix ?
J'ai relevé mon obfcure naiffance,
Et fuis enfin l'Idole de Paris.

J'ai triomphé, même de l'Ariette,
Dont les attraits ont régné fi long-temps ;
Elle me cède, & fa prompte défaite
Rend mes fuccès encor plus éclatans.

MOLIÈRE.

Vraiment, je vous en félicite,
Il faut que vous ayez acquis bien du mérite.

LE VAUDEVILLE, *il chante.*

AIR : *V'la ce que c'eft qu'd'aller au bois.*

D'un Théâtre plein d'agrément
Je fuis la gloire & l'ornement.
J'y répète journellement
Trois heures entières,
Mes Chanfons légères,
Et l'on s'écrie à tout moment :
C'eft charmant, oh ! c'eft charmant.

AIR : *Eft-ce un bonheur d'avoir un tirelire, lire, &c.*

Je crois que mes atours
Siéraient bien à Thalie,
Je veux par mon fecours
La voir mieux accueillie,

> Tout plein d'ardeur,
> Pour son honneur,
> Et pour son tirelire, lire,
> Et pour son toureloure, loure,
> Pour son bonheur.

MOLIÈRE.

(à part.)

Je sens que ses refreins m'amusent déjà moins.
(Haut.)
Monsieur du Vaudeville, elle doit de vos soins
> Sans doute être reconnoissante,
Et peut de vos talens essayer la douceur.
Je ne vous croyais pas devenu grand Seigneur;
Mais craignez du Public la faveur inconstante,
Souvent il prend pour goût ce qui n'est qu'engouement;
Il épuise un plaisir, & l'use promptement.
> Vous pouvez lui plaire un moment,
> Et ce n'est pas un grand miracle;
Mais enfin, vos couplets si souvent répétés,
Trois heures de chansons & de frivolités,
> Ne sauraient former un spectacle.
> Pour un quart-d'heure, c'est fort bien;
Mais retenez de moi cette leçon utile:
> Il ne faut abuser de rien,
> Et pas même du Vaudeville.
(Appercevant la Muse du Drame.)
Qu'est-ce encor?.... Celui-là n'est pas si gai que vous.

SCÈNE XI.

MOLIÈRE, LE VAUDEVILLE, LA MUSE DU DRAME.

(Elle a l'air d'obferver le Théâtre, fans regarder les Acteurs.)

MOLIÈRE.

Quel noir accoûtrement! Quelle mine fantafque!
Je crois qu'il va courir le mafque.
Monfieur.... ou Madame.... entre nous,
Je ne fais trop lequel, à votre air amphibie....
Ici, chercheriez-vous Thalie?

LA MUSE DU DRAME.

Qui, moi! m'en préferve le Ciel!
Pour qui me prenez-vous?

MOLIÈRE.

Pardon, fi je m'abufe.

LA MUSE DU DRAME.

Je fuis une dixième Mufe.

MOLIÈRE.

Qui, vous!

LA MUSE DU DRAME.

Moi; rien n'eft plus réel.

MOLIÈRE.

Je ne m'en doutais pas ; & le nom de Madame ,
Pourrait-on le favoir ?

LA MUSE DU DRAME.

C'eft. . . . la Mufe du Drame.

MOLIÈRE.

J'en connoiffais deux jufqu'ici ,
Ainfi que chacun fait, Thalie & Melpomène.

LA MUSE DU DRAME.

Sur moi toutes les deux ont ufurpé la Scène.
La véritable Mufe , en un mot , la voici.

MOLIÈRE, *à part.*

Je n'ai donc pas encor connu ma Souveraine.
(*Haut.*)
Peut-on vous demander ce que c'eft que ces mots
Tracés fur des papiers , découpés en lambeaux ?

LA MUSE DU DRAME.

Ils font puiffans , facrés ! . . . . avec une douzaine
De ces mots-là, Monfieur, qui font un vrai tréfor ,
J'ai fait mille chef-d'œuvre , & j'en puis faire encor.
(*Tournant autour d'elle , & lifant fur les papiers.*)

MOLIÈRE.

Ah! Ciel! .. oh, Dieu! .. grand Dieu! .. vertu! .. crime! .. nature

LE

LE VAUDEVILLE, *il chante.*

J'aime la Nature, moi,

J'aime la Nature.   *Il sort.*

LA MUSE DU DRAME.

Joignez-y force points, force exclamations,
De longs cris douloureux, & des convulsions,
Il ne m'en faut pas plus; la réussite est sûre :
Jugez si j'ai formé des disciples nombreux.

Votre emphatique Tragédie,

Depuis deux siècles applaudie,
Dictait dans son École un code rigoureux.

Il lui faut des mœurs héroïques,
Des intérêts d'État, des crimes politiques,
Des révolutions qui changent l'univers,

De grands hommes & de beaux vers.
Moi, j'ai mis de côté ces ressources frivoles...
Je puis même au besoin me passer de paroles.

MOLIÈRE.

Souvent vous feriez-bien, si j'en crois ce qu'on dit.

LA MUSE DU DRAME.

La Pantomime me suffit :
La Pantomime seule établit mon empire.
J'ai le plus grand mépris pour le talent d'écrire.

J'exerce un tout autre pouvoir.
Un geste qui fait peur, un accent qui déchire,

D

La figure du défefpoir… (*Elle fait une grimace*
horrible.)
Oui, voilà tout mon art & ma feule magie.

M O L I È R E.

Si bien que l'Auteur peut fe paffer de génie,
Les Acteurs de talent, les Spectateurs de goût…
C'eft un genre commode, il difpenfe de tout.

LA MUSE DU DRAME.

Oui, le *goût !* le *talent !* bagatelle, folie,
Mots dénués de fens… la pitié, la terreur :
Voilà les grands refforts !

M O L I È R E.

Le dégoût & l'horreur,

Voilà les grands abus !

LA MUSE DU DRAME.

L'horreur, c'eft ma partie

A moi ; je ne me borne pas
A ces vulgaires attentats,
Dont cent fois le Théâtre a revu la peinture,
Meurtre, empoifonnement, parricide, parjure,
Incefte, trahifon… Non, des crimes nouveaux,
Qui pourtant font dans la nature,
Pour la première fois créés fous mes pinceaux ;
Des fpectacles affreux, d'incroyables tableaux :

Voilà mes coups de maître… Ici, je me figure,
Dans un sujet tout neuf que je traite aujourd'hui,
Un amant accablé des peines qu'il endure,
    Qui creusera sa sépulture,
On verra le tombeau se refermer sur lui.

MOLIÈRE.

    J'ai vu sur la tragique Scène
    Les personnages expirer.
Madame, vous allez plus loin que Melpomène ;
    Vous les y faites enterrer.

LA MUSE DU DRAME, (*mesurant le Théâtre.*)

Je dessine de l'œil un vaste cimetière.

MOLIÈRE.

Local digne de vous !

LA MUSE DU DRAME, *se passionnant.*

      La plaintive misère,
Des enfans affamés qui demandent du pain,
    Mourans dans les bras de leur mère,
Des vieillards expirans au bord d'un grand chemin ;
Des gibets, des cachots….

MOLIÈRE.

      Ah ! je perds patience,
Il faut que j'éclate à la fin.

Vous prenez pour un Art cette fombre démence !
Eh ! quoi donc ! au Théâtre on n'ira s'affembler ,
　　　　Que pour y voir accumuler ,
　　　　Dans les plus dégoûtantes Scènes ,
L'amas humiliant des misères humaines ?
Ce font-là les tableaux qu'on veut nous étaler ?
　　　　Non , par ces peintures affreufes ,
　　　　Trop près de la réalité ,
　　　　Par ces images douloureufes
　　　　Qui défolent l'humanité ,
Vous corrompez fans fruit la douceur noble & pure
　　　　D'un plaifir qui fut inventé
Pour confoler des maux que nous fait la nature.
Ce n'eft pas celle-là qu'au Théâtre il faut voir :
On doit à de tels maux une pitié réelle ;
　　　　Mais elle eft amère & cruelle ;
Il faut que l'Art exerce un moins trifte pouvoir,
Qu'il émeuve mon cœur , & non qu'il le foulève :
Le Théâtre n'eft pas l'Hôpital ou la Grève.
　　　　Si j'y viens pour verfer des pleurs ,
Ce n'eft pas pour me faire un tourment de mes larmes ,
Non , c'eft pour les aimer, pour y trouver des charmes ,
Et de l'illufion reffentir les douceurs.
A tous les mouvemens dont mon âme eft faifie ,
Se mêle un charme heureux , né de la Poéfie.
En me faifant frémir, en me faifant pleurer ,
Elle me donne encore le plaifir d'admirer,
Et ce doux fentiment que fon Art me procure,

Eft un nectar divin verfé fur ma bleffure.
Et vous comparerez à fes puiffans attraits,
Qui fondent du Théâtre & la gloire & l'empire,
Vos informes tableaux & vos hideux portraits,
Pareils aux rêves noirs d'un malade en délire ?
Elle annoblit la Scène , & vous l'aviliffez ;
Elle attendrit les cœurs, & vous les flétriffez.

LA MUSE DU DRAME.

Sans daigner perdre ici mon temps à vous répondre ,
C'eft par mes feuls fuccès que je veux vous confondre ;
Je me flatte bientôt de l'emporter fur tous,
Et nous verrons qui doit régner en ces lieux. . . .

SCÈNE XIIe & *dernière.*

Le fond du Théâtre s'ouvre. On voit les Statues des grands Auteurs Dramatiques. Apollon est entre Melpomène & Thalie. Chacune d'elle conduit les Acteurs de son genre. Les autres Muses ont aussi leur suite, qui porte des guirlandes de fleurs & des couronnes de laurier. Molière se range à côté de Thalie, & les autres Personnages de la Pièce sont autour d'elle. Au moment où le rideau de l'intérieur se lève, Apollon, Melpomène & Thalie disent ensemble :

Nous.

APOLLON.

Respectez Apollon, les Muses & Molière
Et ces Bustes sacrés que la France révère,
Où revivent les traits des immortels Auteurs,
De la Scène Française, appuis & fondateurs,
Organes & soutiens de mes Loix souveraines.
  (*Montrant Melpomène & Thalie.*)
Du Théâtre à jamais ces deux Muses sont Reines :
  (*au Vaudeville & à la Muse du Drame.*)
   Non que je veuille, en leur faveur,
Vous traiter l'un & l'autre avec trop de rigueur.
Je connais le danger d'être si difficile.
Le Drame sérieux, le léger *Vaudeville,*

Dont je blâme l'abus , fans leur ôter leur prix ,
　　　Tous les deux quelquefois admis ,
　　　Peuvent entrer dans mon domaine ,
Et fuivre , mais de loin , Thalie & Melpomène.
Ils feront mes Sujets & non mes Favoris.
J'ai fouffert le burlefque , & Defpréaux en gronde.
Scarron le mit en vogue , & je l'ai vu déchoir.
　　　Pour fatisfaire tout le monde
　　　Je permettrai le genre noir.
La nouveauté , voilà fur-tout ce qu'on fouhaite.
Le Théâtre eut toujours befoin de fon appui.
Le génie embellir tous les genres qu'il traite ,
　　　Et les élève jufqu'à lui.
Oui , que tous les talens accroiffent mon empire :
Que leur rivalité , leur émulation ,
Travaille à l'affermir , & non à le détruire.
Que ce jour , dont la pompe en ces lieux les attire ,
　　　Confacre leur réunion.

Aux Mufes.

　　　Aux images de ces grands hommes ,
　　　Prodiguez de nouveaux honneurs ,
Mufes , & c'eft ainfi que le fiècle où nous fommes
　　　Peut leur donner des Succeffeurs.
De vos jeux , de vos dons uniffez les douceurs :
　　　Il faut de tout dans une fête ;
　　　Et celle qu'ici l'on apprête
　　　Sera la fête des neuf Sœurs.

MOLIÈRE.

Leur zèle à vous fervir trouvera tout facile,
Et pour rendre à la fois tous les goûts fatisfaits,
Sur-tout pour contenter Monfieur du Vaudeville,
Nous chanterons quelques couplets.

On danfe, & les Mufes vont placer des guirlandes autour des Statues, & les couronner de lauriers.

MOLIÈRE, *il chante.*

AIR: *Chanfons, Chanfons.*

Mes Amis, un Couplet de Fête
Peut, fans voix, fans art qui l'apprête,
Être chanté ;
On ne s'y rend pas difficile,
Tout ce qu'il faut au Vaudeville,
C'eft la gaîté.

THALIE, *elle chante.*

Ce refrein eft fait pour me plaire,
Mon art, mon goût, mon caractère,
En eft flatté.
Je ne permets pas qu'on l'oublie ;
L'heureux attribut de Thalie,
C'eft la gaîté.

APOLLON, *il chante.*

Molière a dit dans fes Ouvrages,
A tous les rangs, à tous les âges,
La vérité :

Ce qui rend la leçon fi bonne,
C'eft le fel dont il l'affaifonne,
C'eft la gaîté.

M. MISOGRAMME, *il chante.*

Des Beaux-Efprits ma Femme eft folle,
Elle a fans doute à leur école,
Bien profité,
Pour moi, mon humeur un peu ronde,
Donnerait tout l'efprit du monde
Pour la gaîté.

THALIE, *à Melpomène.*

Ma fœur, vous croyez donc nous entendre & vous taire?

APOLLON, *à Thalie.*

La majefté tragique....

THALIE, *à Melpomène.*

Oh! chantez, s'il vous plaît.
Jamais la dignité même la plus auftère
N'a dérogé pour un couplet.

MELPOMÈNE, *elle chante.*

Parler aux cœurs eft ma fcience,
Émouvoir, voilà ma puiffance
Et ma beauté.
Mais quand ma fœur sèche vos larmes,
Vous n'en fentez que mieux les charmes
De fa gaîté.

THALIE.

Il faut bien plus, il faut faire chanter. .... Madame.

(*à Apollon.*)   (*En montrant la Muse du Drame.*)

Allez-vous dire. aussi la majesté du Drame ?

LA MUSE DU DRAME, *chante d'un ton lamentable.*

A I R : *Mon Cœur charmé de sa chaîne , &c.*

> Aux sombres beautés du Drame ,
> Quel cœur ne se rendrait pas ?
> De sa ténébreuse flamme
> Admirez les. noirs éclats.
> Hélas !
> Hélas !
> Rien n'est si beau que le Drame ,
> Ah! que le Drame a d'appas !

MOLIÈRE.

Allons, ne troublons plus sa tristesse profonde ;
Laissons à chacun son humeur.

(*au Vaudeville.*)

A votre tour, Monsieur, il faut finir la ronde ;
Vous avez par-tout cet honneur.

LE VAUDEVILLE. *chante.*

> Un Auteur tremble & perd courage ,
> Lorsque devant vous son Ouvrage
> Est présenté;
> Mais si la Pièce est applaudie ,
> Ce bruit vient lui rendre la vie
> Et la gaîté.

La Pièce finit par une marche générale.

Lu & approuvé, S U A R D.

Vû l'Approbation ; permis de représenter & imprimer. A Paris, ce
21 Mars 1782. LE NOIR.